我們走上的全是歧途

靡
靡 *Tiny*

輯一　國民情婦

輯二　隨機愛人事件

輯四　護城河每條魚都在哭

輯一
國民情婦

國民情婦

一點也不想洗澡
雙腿癱軟無力
這是剛才與他做愛的身體
沾滿了汗水和精液
塡滿我靈魂的穴

像深怕失去主人味道
的狗
貪婪吸取大量淫穢悶熱
的廢氣

你說就算將來陽痿了也要爲我硬起來

我愛全身捨不得沖掉的汗臭
我愛如此骯髒不堪的自己
我愛偷情時總問心無愧
我愛沒有節操的高潮
我愛被狠狠玩壞掉
我愛失能般抽搐
我愛角色扮演
我愛被物化
我愛主人
我愛你

戀愛宣言

那些承諾最終
還是將我千刀萬剮

每個說愛我的人
最後都愛上了別人
還先上了
才愛

我再也不想重蹈覆轍
別騙我的感情
身體隨便

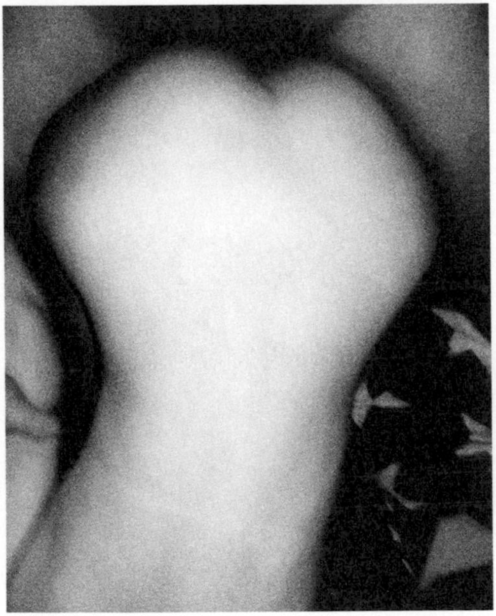

世界上最遙遠的距離

回家時發現養好久的小魚死了
屍體被同缸的烏龜吃掉一半
我很傷心也訝異不已
他們明明和平共處這麼久
爲什麼烏龜會變得如此殘忍呢？

睡前我反覆思考問著你
究竟是因爲魚先死了
烏龜才去吃屍體
還是烏龜先去攻擊了魚
才讓魚死掉的

你說你不知道

而且也不重要呀
摸了摸我的頭結束話題
要我乖乖睡

直到後來看見你在路上牽她的手
我才突然明白
魚跟烏龜
本來就不應該養在一起

心算

你離開我的時間
已經超越了
你愛我的那些日子

這些算數令我悲傷不已

你給的愛恨總和
是我愛你的二分之一
剩下的
你連恨我都不願意

天秤座戀人

三毛說過
「如果你給我的
和你給別人的是一樣的
那我就不要了」

我非常認同這段話
除了最後一句
我會改成
「那該有多好呢」

肉慾情人

有些人只想一夜情
有些人總想以身相許
我沒想到遇見你
一夜情之後還會渴望能夠
以身相許

否則以死相逼

以牙還牙

你騙我你愛我
我騙你我不愛了

很好
我們扯平

失樂園

搭上最喜歡的旋轉木馬
歡樂的配樂隨之響起

所有馬兒開始奔馳
齊步衝出圍欄
貪婪啃食孩童的眼球
奪走裡頭幸福

的存檔

摩天輪今天沒有開放
因爲快樂濃度超標

自由落體逐漸升高

停滯最高點
九十公尺的天空味道很甜
陽光網住所有噩夢
降落瞬間
過濾不了人們汙濁的心
只好直直墜地

遊客爆炸的火花意外燦爛
廣播宣布遊行開始
怪物們跳起探戈
慶祝今天的家破人亡

雲霄飛車一閃而過
彷彿聽見你說還愛我
爲了把握機會
我衝到控制臺按下緊急暫停

拯救自己
最後被愛的可能
一切戛然而止
車廂空蕩蕩
果然這就是你啊

平等待遇

妳只有在需要我的時候
才會出現
才會示弱
才會愛我

妳就是這樣自私吧？

但沒關係
我也是相同的
所以我一直沒有離開

老地方見

你以前常笑我是個念舊的人
過去的東西不願丟
失去的人捨不得忘
只是
你連變舊都沒有
也不給我失去的機會
就這樣不見了

如果說
把這一切解釋成
天使走過人間
你要走過就走過啊
爲什麼還要讓我遇見你？

收服我的心
日夜累積雨量
滴滴答答
每次打雷你都在
還承諾永遠爲我撐傘

此刻大雨傾盆
無處躲避
那句明天老地方見
這次換成葬儀社相會
你爲什麼要乖乖躺在裡面
棺材那麼擠
爲什麼不快點飛走？

勤勞走入我的心
又懶惰離開我生命
你這個騙子

心胸狹窄的戀人

在每一個親暱的習慣
即將塡滿生活之前
先用謊言堵住你的承諾

不讓你相信童話故事
或夏夜晚風的浪漫
不讓你看見我所有眼淚
背後的原委

你的擁抱如此激烈
讓我心胸狹窄
讓我孱弱嬌貴
讓我禁不起任何

失去的考驗

慢一點

再慢一點

我的心太小
沒辦法一次擁有最好的愛

我只是你的狐狸

充滿針孔的雙手失力擁抱
被擁抱的意願亦無
毒梟們不曾怨懟
因爲有海洛因的日子才是日子

街頭盡是罹患性病的妓女
買春如同買樂透
嫖客們都在祈禱機會
別臨幸自己

絕望的人不想被鼓勵
過瘦的人拒絕進食
就像生病的你

討厭吃藥
討厭治療
卻迷戀童話故事

你最愛的小王子象徵美好
夏天的風都因此變成了金黃色
被守護的玫瑰散發幸福香氣
隔著玻璃罩子都還能聞到

我相信故事裡的一切
一切美好都是眞的
只是故事也眞的
不存在於世界

眞正存在的只有我們

我只是你的狐狸
但你是我的世界

春夢

你沒說最後抉擇了誰
只是她的手機比我更迅速
連上你新家的 WiFi

其實科技一點也不冷漠
春夢訊息是愛情橋樑
你們是夢中主角
不完美
但可兌現

豔陽高照時
在草原牽手奔跑
但你們都是喜歡雨天的人

都曾經接過我遞的傘
讓我信以爲眞

從摯友名單中悄悄被移除
藥單逐日增加高度
我的體重直直低落
記憶轟隆作響
耳聾後便死在了某個
無人颱風夜

其實幸福並不外顯
只是費洛蒙外洩

手機螢幕解鎖密碼依舊
依舊是你初次吻我的日子
卻再也無法成功

直到想起你搬新家時
原來早已破解科技不懂的謎

繫夢人是我
解法與我無關
我的密碼守護愛情
也還是與我無關

那些青春後來變成了只是夢的結尾

那些
誤以爲童話故事的愛
原來是場人生事故

青春
氣氛昏黃你容易犯錯
明知貪慾是愛情的黃昏

後來
我渴望得到安慰
卻只是被慰安

變成了
大家喜歡跟我上床
入夜後床上總是沒人

只是
他們說不想打擾我美夢
其實夢美夢噩都虛空

夢的
好壞是非都不會影響
我非是婊子不可的現實

結尾
擁有許多人愛我
我沒有個愛人

噩夢

你說我是一場噩夢
某天你突然醒了

從此我成爲自己的逃犯

沒命活在陸地
無從安逸
想用許多浮木打造一艘船
才想起那些一次一次將我救起
又一次一次推我入海的人們

我一直在等他們回來
回來跟我道歉並且說愛我

誠懇如孩童
告訴我下次不會了

他們清醒後遠走高飛
總是習慣不告而別
來去自如
滿口承諾

那些謊我肯定知道的
只是選擇相信
假裝自己又能被愛
某天再度成爲誰的一場噩夢

承諾

主人輕摸我的頭
堅定而溫柔：
「妳就是我的狗」
我的尾巴因此搖了一輩子

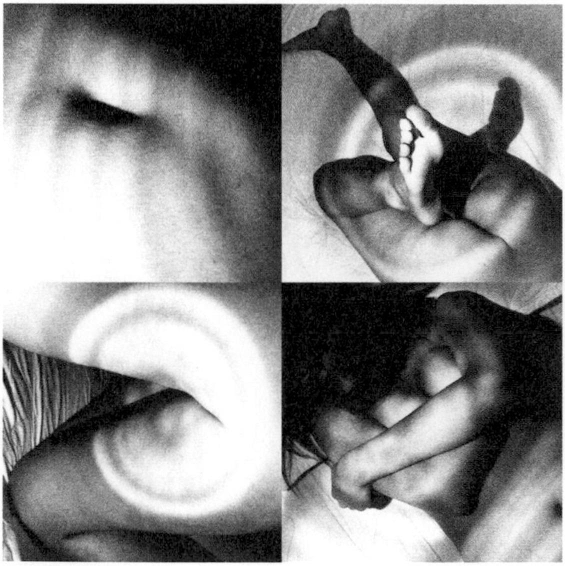

貓咪不會嫌棄眼淚

從不特別愛妳
也不會不愛
在所有日常景色中出現
成爲搬不走的家具
悄悄陪妳吃飯睡覺上廁所
守護妳便祕的小祕密
占據妳洗澡演唱會的搖滾區
沒有尖叫鼓掌
但從不缺席
不喜歡聽從指令
不玩丟球遊戲

討厭陌生人
討厭噪音
睡覺時間比清醒還多
最不屑的事情大概就是
搖尾巴對主人示好
更不可能
被路人收買

不主動去製造快樂
但不介意妳產生悲傷
笑的時候會在
憤怒也不逃跑

永遠不會嫌棄妳的眼淚
聽著妳的啜泣聲

在妳懷中入眠
蜷縮著
咕嚕咕嚕

請讓我當妳的貓咪

選擇題

約會或機會

約會不喜歡對方請客
我怕他以爲自己有機會

做愛或被愛

做愛完別一起過夜
我會誤以爲自己被愛

／

如果

來一場不做愛的約會
我還有機會被愛嗎

抑或
過夜完的隔天早上
吃早餐讓你請客

恐怖情人

與其說我對你是一廂情願
其實程度更像一列火車
而且還超載
撞死人不償命

輯二

隨機愛人事件

隨機愛人事件

衝動的成因多半是厭倦

厭倦一成不變
厭倦臺北城
厭倦無趣的工作
厭倦老派約會
厭倦催婚的社會眼光
厭倦自己

此後
她開始追求異國深夜料理
從不買紀念品
只帶著撕裂傷登機

語言能力不算優秀
床上技巧也是
但只要敢要就能得到
得到也不怕被奪走
這樣的生存法則令她安心

如同購買了明知的贓物
僞裝成無知的買家
她棲身於各種不同膚色之中
展開隨機愛人事件

所謂的愛人＝

1. 跟妳做愛的人
2. 可能愛妳的人
3. 橫刀奪愛的人
4. 不屬於妳的人

窗

想呼吸新鮮空氣
打開了窗
但打不開紗窗

沒關係
還是可以呼吸

想跟你長相廝守
打開了心
但打不開你的

沒關係
還是可以愛你

焚愛

你的目光始終燒灼
僅僅凝視便滿身火吻

所有最糟糕最破碎最殘忍
我都接受
雨林如果不夠寬廣遼闊
我替你種樹

將棲地與信仰奉獻爲日常
願望背後的罪孽當浪漫
勇於承載
不讓你成災

並且相信愛是
拋起來後依然牢牢接住
才能算數的東西

你的目光始終燒灼
烙印我的餘生

不幸兒

底片於暗房等待沖洗
如你在淋浴
那般期待與飢渴
所有畫面倒轉停駐那年三月的
一張名片
上面誠懇寫著你的本名電話
沒寫往後虛僞的偉大承諾

你掏出陰莖以手扶持
送入我口中，餵食
大方而憐憫
說起那些故事也總毫不猶豫

不幸的過往
不幸的付出
不幸的青春
不幸的你

我沒有母愛可以寬恕你的謊
窄小的陰道不足以容納你的陽具
崇拜。以及文化
不喜歡被我拍照是因爲不見天日的心
軀體暴露行蹤後會無所遁形
眼眸潺潺流出
算計後的諂媚
眞誠的淚水都是固體的貨幣
交換我尚未開啓的逃生門

最終將我焚燒於家徒四壁的火場
手中拿著相機，裡面裝有愛情

愛心傘

天氣逐漸變陰
你走過來替我撐傘
突然之間
傘內下起了傾盆大雨

我知道你是好意
卻仍舊讓我溼了一身
如同你給的愛
讓人溼了眼眶又碎了心房

愛的理由

你迷戀充滿神祕感的男人
所以喜歡捉摸不透的他
很抱歉我也喜歡他
但我只喜歡他
握不住的它

愛情

有些人只在需要我的時候出現
要我承受他的一切
他說這是愛情
我沒有說話

有些人在我需要他的時候出現
承受了我的一切
我說這是愛情
他說他沒辦法愛我

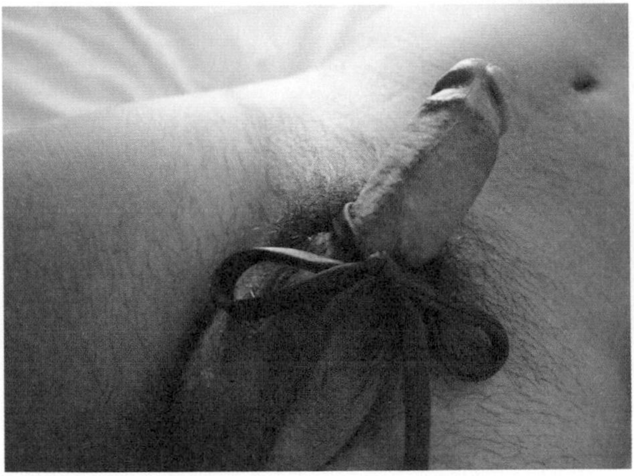

他並不會為妳感到抱歉

不是因爲良心被狗吃了

而是他的無恥

跟貓一樣有九條命

未亡人

「心中有座墳，葬著未亡人」*

從離開我的那天起
你死了

我爲你舉行一場盛大喪禮
你的配偶並未出席
但我不曾忘記她的美貌
百花齊放
春陽溫暖
一切美好如同你
活著時的光景

白色洋裝是我們第一次見面
去海邊玩水時穿的那件
你最喜歡的款式
最後一面我也想讓你回味
（雖然你可能比較愛我的裸體？）

她是不穿白洋裝的女孩
習慣在黑夜穿著黑衫
一頭短髮
也不愛笑
你爲她那貓似的眼眸著迷
可你分明是個愛犬人士

在眾多祭品中
酒精濃度最低的動物
標示「待認領」

我深知你貪小便宜的個性
絕不會錯過

在無法麻痺感官無法徹底
清醒的那頭
內疚並不因此被想起
你依然自由
依然如夢

擺脫肉身後的你
更值得被擁有

*附註：出於網路

詛咒

妳喜歡夏天
喜歡海
喜歡蓋棉被吹冷氣

討厭冬天的寒冷
因爲穿了厚重衣服之後
擁抱沒有肌膚溫度

那些一起吃霜淇淋走路回家的日子
最後慢慢變成了閃爍不定的路燈

妳說妳還是不相信愛情

從小我就知道我的運氣不是太好
也有可能把所有好運都用來遇見妳
只要打賭一定會輸
考試永遠只能靠實力

這次
如果是我先開口了
會被愛神詛咒嗎

生日願望

一、
希望妳變成同性戀
讓我有可能被愛的機會

二、
如果妳不可能愛我了
我希望那些男孩都是好人

三、
希望妳永遠不會知道我爲妳許了什麼願

所有愛都是從避難開始的

成爲無人搭救的沈船
成就一種千眞萬確
的悲哀

在防空洞內產卵
包裹著你的謊言與僞善
等待孵化出眾所期望的模樣
周歲時讓淚水流向海
沿途風景是你
行李也是你

爲了可以活下來我是那麼努力

在陰暗潮溼的夜晚巷弄
無預警被強暴
悲傷刺穿我的處女膜一次
又一次再一次
直到貝殼
全部碎裂成粉末
灑落
在荒蕪之地
長出無數個你

那些關係都是重疊再重疊
沒有單一性發展的可能

只求在每個遇難之際
都有人救
每個救援之際都有人愛

有愛的時候我就會好好活著

穴居動物走向草原
草原上有脫殼的寄居蟹
海浪聲被錄製成光碟
按下無限循環鍵

握著大拇指熟睡的光景如昔
我是往日批體的記憶嬰孩
赤裸光滑
欠缺親吻
並且不習慣被擁抱

依舊

不做妳的太陽
陰影才能永世跟隨

不奢望月亮皎白
黑夜的主角應該是黑

不曾想過要去恨妳
妳生來便理當該被愛著

妳是被愛的
被愛的是妳

不打算詮釋各種表情

我明白了自己最適合寂寞
不要告訴我明天會更好
世界上只有過去不會有明天

不相信他們口中的那個妳
萬千寵愛於一身當然會招人嫉

如果愛是悲哀
我是悲哀的
不是被愛
但是愛妳

妳不愛我也依舊

屍體不見了

你是白天的人
不屬於夜晚的我

／

打開房門後發現房間空蕩蕩的
有灰塵也有蜘蛛網但不算
廢墟之地的那種程度
有繩子掛在樑上
繩子有個綁結
結有摩擦過的痕跡
接著
不意外的

地上有張被踢倒的椅子
有一些糞水

但屍體不見了

／

打開衣櫃內也是空蕩蕩的
但胸口的布料莫名貼身
一隻透明的手
瞬間抓住心臟
以最無情的方式扭轉
以達最極致的痛楚
再溫柔鬆開
鬆開

再鬆開
像螺絲即將脫落
搖搖欲墜之際看見你

／

從牙根開始痲痹刺痛
接著牙齦接著舌頭
滲透到下顎
控制嘴唇

夕陽綁架雲彩那般輕易

儘管如此我依然
無法獲得眞相
關於屍體到底藏在哪

的答案
恐懼使用的形容詞
形容詞無法描述恐懼

／

大人們常常罵小孩
不見棺材不落淚
但我在喪禮上看見的大人們
只有爭執遺產的憤怒
沒有同感
沒有淚水
在眞正看到屍體之前
不會明白死亡的痛苦

但我有時更疑惑
怎麼知道看見了就會明白

／

我明明沒看過屍體
卻已死透了千百萬次

持鑰者

菸草味濃厚
溼氣充斥套房
雙魚座特有的溫柔
浪漫、醋勁大發
潛意識再現於你眼眸
眼皮上的皺摺
睫毛的長度

反反覆覆

鐵灰色牆壁斑駁
白色時鐘運轉
計算日子帶走的快樂

快樂日子抹不去的悲傷
苦痛堆積成山
山多了便成國
門口守衛戒備森嚴
噩夢即爲潛意識的化身
承諾亦然

放心
我暢行無阻

洞房花燭夜

面帶微笑脫光你的衣服
脫不掉你包裝起來的父權

白天婚禮上交接儀式
夜晚成爲合法轉移

子宮是商品，父親是賣家
你用聘金買走使用權
卻不記得塡保固卡

商品之外的周邊贈品
藉著我都是爲妳好的糖衣
層層堆疊綑綁裝飾

順便借走一生青春
以愛之名剝奪
我原有的生活

陰謀論

大家總惋惜好人墮落
卻不愛看壞人改過自新
即便看到了也不信
相信了也不承認

於是眞相變得
未必重要
就像她的死罪有應得
究竟是怎樣的罪
或者是否爲罪

這些都不是最重要的
重要的是她必須死

必須完成的事
眾所期待的事
她也就因此這麼認爲
並且相信了

相信自己是一個人見人厭的婊子
連擁有的幸福都是偷竊而來的
別人老公愛上她
全是她的錯

最終判決
他的承諾跟勃起
眾人口中的她的陰謀
帶壞了好人的壞人
一躍而下
再也不上訴

愛情大屠殺

已經是第八個人
爲了你自殺
符合廣泛的屠殺定義

不確定自己
究竟是目擊者
抑或倖存

如同荒蕪沙漠中繳械
依然毫無救援
持續目睹血肉戰爭

選擇跳樓的不好認親
死後五官難以辨識

上吊的其實不太雅觀
她們可能沒想到會失禁

安眠藥容易失敗
通常送去洗胃罷了

密室遊戲之王的燒炭
傳聞說最沒有痛苦

眾多死法之中沒有讓你心疼的選項
粉身碎骨之際沒有讓你愧疚的可能
我活著是因為健忘
她們是為了
被你記得

輯三
我們走上的全是歧途

我們走上的全是歧途

滿胸腔蝴蝶即將振翅
期待著翩翩
卻無法風度
妒忌心與占有慾讓愛情入土
妳的碑文上全是怨懟
怨懟中有我的悲傷
我的悲傷之下滿盈感恩
妳我都活在他的墓裡
開不了棺
試圖逃難或者焚城
都已經太晚

如果沒有早就存在的妳
他不會知道原來自己
如此飢渴
即便我只是個情婦
即便他被道德綁架
餘世苟且偷生
也要愛我

我們走上的全是歧途
但沒有人願意回頭

大人

你教我喝酒
教我捲菸
教我分辨菸草的優劣
與威士忌的厚度

你教我幸運菸比流星更容易實現
教我如何把玩你隨身攜帶的蝴蝶刀
你笑說如果心誠則靈的話
爲什麼非要隕石帶來的一瞬間
然後從盒裡拿出最後那根菸
要我替你點火
你是我的圓夢戰士

你教我如何逃避現實
勇敢活在沒有明天的當下
在末日追上之前
我們瘋狂做愛
你教我五花八門的性技巧
教我用嘴巴戴上保險套
教我算自己的安全期

但我的夢並沒有圓
尖銳的缺口是你的腳印
所有成爲大人的陋習我都會了
卻還是被末日給逮個正著

你沒有教會我大人的戀愛怎麼談
沒有教我大人該怎麼面對離別
你沒告訴我當大人是需要付出代價的

也沒提醒我大人們總是習慣傷心
回憶囚困了我
將牢底坐穿
依舊沒辦法從你出獄

不用擔心，我們現在一樣髒了

當一個虛僞的好人
或者徹底的壞人
都可以得到愛
然後過一生

誠實的人是不會幸福的
我也知道我不可能幸福了

只是想知道自己究竟多不幸而已

父權童年

別人的爸爸用玩具哄睡
只有我的爸爸用陽具哄睡
還說這是因爲
家裡很窮只能節儉

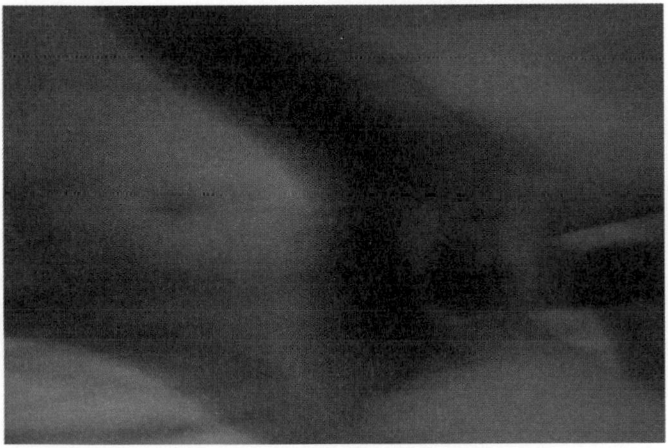

他的承諾是永遠誠實

自始至終
讓我遍體鱗傷

在漫長夜晚的小巷弄
不停繞圈轉彎
直到天亮才回家
因爲寂寞
剛好下班

我知道你們的家
是什麼格局
夜景很美
跟他做愛時有看過

他明白我所有性癖好
清楚我的所有過往
一起荒唐
從未被揭穿眞相

我知道悲傷時不宜分享
人多的地方不能牽手
他最喜歡開著燈
命令我在女上位把他搖出來

也明白他有多麼深愛妳
除了妳的無趣身體

先來後到

人人稱羨你們的愛情故事
從高中到大學到出社會
再現童話
並且從一而終
未曾辜負誰的期望
沒人誇讚我們的愛情故事
從你交往到結婚到生子
不求名份
並且不離不棄
未曾擁有誰的祝福

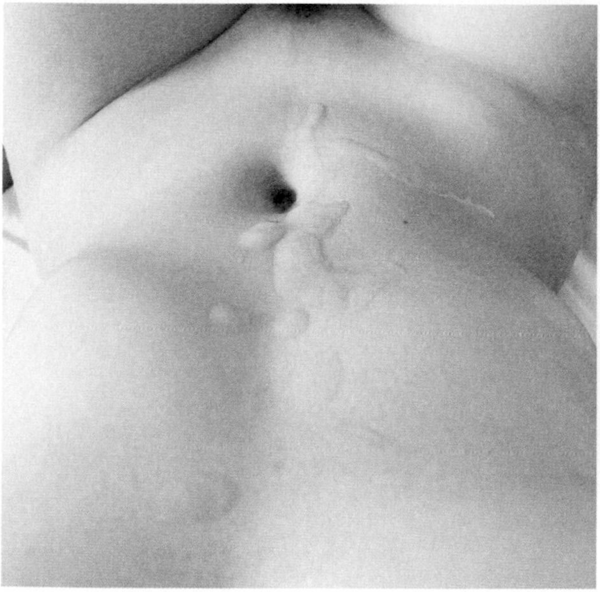

先跨你再跨年

在你們的房間做愛
借用她的潤滑液
躺洗好的床單

你說服務業眞的很辛苦
所有節慶都不能慶祝
但也幸好如此
才能跟我抱在一起

不禁感嘆
同爲服務業的我
只需要服務你
但唯有節慶才能相聚

慾望貪婪吞噬我們
吞噬你的忠貞
吞噬我的道德感
從鏡子中拍攝彼此高潮的臉
反射出火花後的深層悲哀

你的身體在我的裡面
跟我愛你一樣
我的心在你的外面
跟你射精一樣

最好與最壞
年末出演

學樂器的孩子不會變壞

小時候偷吹喜歡女生的直笛
被發現之後
她更討厭我了

長大後偷吹喜歡男生的屌
被發現之後
他女友更討厭我了

羞澀變奔放
女生換男生
他們都一樣掉頭就走
其實我也一樣
只是想要有人願意愛我

我們的愛人是同一種樣子

不菸不酒的我
愛上的每個男人都抽菸

他們的指甲縫會殘留
衣領跟頭髮會殘留
口腔喉嚨會殘留
菸味透過其他方式進入我
肺與陰道
緩慢毒害我的生命
癮如愛情頑固

他們也酗酒
酒精發揮時特別愛我

揮發時卻特別恨我
滿身做愛後的精液與瘀青是常態
我以爲習慣了便値得圓滿
戒毒那般
習慣了沒有就能沒有
習慣了不幸就能幸福
後來他們離開我
到一個更寬敞的密室
繼續菸酒纏身
大口呼吸著
更溫柔婉約的女孩香味
繼續滔滔不絕又無比堅定說著
第一次這麼愛一個人的狗屁承諾

女孩不會逃跑也不會拒絕
因爲從小就被教導聽話是對的
跟我一樣習慣打是疼罵是愛
害怕被拋棄的任何可能

然後承諾會被相信
誠懇的眼神會被相信
有糖衣的謊言會被相信

唯有自己值得被愛被善待這件事情
連女孩自己都不肯相信

車禍

「你有闖過紅燈嗎？」

『沒有』

「爲什麼要那麼守法？」

『可能因爲我是良好公民？』

「但你現在正在外遇耶」

『也是，那我只好加速前進了！』

七週後她要我帶她去看婦產科

沒想到這張罰單需要六千五

性無能

我一直都知道他怎麼向妳詆毀我的
跟他在床上調教我那些用語不同
也明白他討好你的情話多麼虛假
因爲都是我一字一句教導他的
妳以爲自己得到了他所有愧疚
殊不知勃起開關依然在我這
日積月累的愛固然珍貴難得
動物本能的反應也不虛假

很抱歉
妳那性無能的愛人
在我這裡
是狂野的性奴隸

雞歪的你

讓我擁有了畸形的陰道
以及人生

願望

他的陰莖進入了我下半身
是天堂
但天堂稍縱即逝

這件事也插入了她下半生
是地獄
但地獄永遠炙熱

多麼渴望能有榮幸
活在不被拋棄的至高陵寢

信任

世上最厲害的駭客也得不到
那組帳密
能夠隨意登入大腦
或者滲透人心

妳無從得知
他沒空親吻妳的時候
纏綿著哪雙唇
在閉眼親吻妳的時候
懷念哪種舌技

妳也永遠不會知道
他的勃起

而堅挺
究竟是爲誰

家裡孔雀魚的花色
被陌生的手揮灑成畫作
那片夜景
也曾經映入了其他清澈眼眸
混濁妳的一生

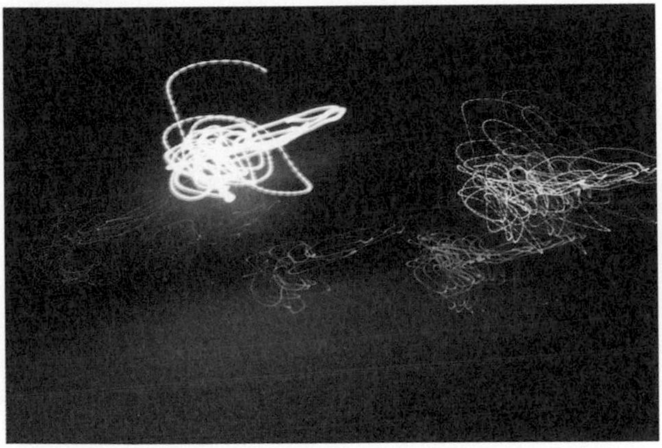

機器娃娃

她沒有踩著別人屍體前進
也沒有因此感到得意
她踩著的
是你們這些勃起無腦的陰莖
還有陰莖主人們的傷心

但她沒有任何情緒
成功原本就是意料之中
何況她如此美麗

每年的生日願望：希望她死掉

她是一個容易憤怒的人
貪生怕死
無賢無德
但也容易快樂

金錢可以收買她
謊言諂媚亦能
她討厭晴朗的日子與誠實
看不慣女孩笑起來有梨渦
白皙不宜日晒
僞善不宜曝光
她最唾棄那輕聲細語
一天到晚潑婦罵街

我是那條街
滿街熙來攘往的空氣
擁擠至不能呼吸

我的病提供了一棟別墅
讓病去承受所有責難
換取嶄新的裝潢家具門牌地址
與看似人人稱羨的美好人生

五歲後的每年二月
生日願望總有她的份
再多算計陷害都不如專心
賦予蠟燭一個願望

數十年來始終如一
並殷切期盼
早日成眞

輯四

護城河每條魚都在哭

護城河每條魚都在哭

健忘是通病
那些說喜歡我笑起來的樣子的人們
在惹哭我的時候總是忘記這句話

用我給他們的祕密
當作武器
轟炸信任的城堡
瓦礫堆中剩下來的就是愛

護城河每條魚都在哭
悲傷融化在水裡
不知不覺變成一樣的東西

他們洗澡刷牙洗臉沒發現

他們喝水吃飯沖馬桶沒察覺
他們淋雨回家沒有情緒
他們健忘而快樂

他們比七秒記憶的魚
更健忘所以更快樂

遺憾

又是一個晴朗無雲的好天氣

妳的心裡無風
適合點火
在飛蛾出現以前
想借用妳的一部分溫柔
讓我共存共生
那片風景

清晨塗上藍色指甲油
躡手躡腳竄入
我們初相遇的巷口
往後每一個日子都是早上七點

最美好的期待都在此時此刻

但妳是喜歡夜晚的人
喜歡貓頭鷹喜歡北極星
沉浸在月色
溢出滿胸懷黑灰的夢
如果能暈開來
其實像清晨的靛藍

我們像戀人即便未滿
也有無需承諾的浪漫
我明白妳要的
妳清楚我給的
在分歧點彼此都哭了

我用一整個男人的心愛妳
只是沒有妳渴望的身體

十二月與你

聖誕老人忘記來訪
地板沒有沾雪的腳印
煙囪佈滿蜘蛛網
床邊襪子空蕩

我把收到的禮物歸還回去
是你說會一輩子愛我的承諾
上一個冬天你送我的
完好無缺
分毫不差

我想聖誕老人即便知情了
大概也不會給我獎勵

他的缺席與你相仿
沒有前兆
也毫無解釋

曾經美好的記憶
傾圮或泯沒
裂縫中長出巨大聖誕樹
掛滿小巧可愛的心臟
撲通撲通
然後自體爆炸
從此見不到平安夜的星星

自覺

你擁有一個鎖
但鑰匙無數

你說想要寫心
卻不想血腥

你愛我很確定
愛不容懷疑

愛是以夫爲天
不與天爭大

我明白了
於是離開你

身爲鎖匠女兒我應該
去一個不會跌倒的地窟
終生不見天日也
無謂是非

兵單

我是愛情的困獸
只能在
床上跟你鬥

這場戰役的期限未知
即便獲勝
也沒有機會重生了

求救訊號

噩夢蜷縮在枕頭下
襁褓如嬰孩
黑夜是獸的戰爭
所有貪婪都沒有盡頭

冬日的光景不再
那些光景不再
清晨冷空氣裡的懸浮粒子
比灰塵還輕
像你從未來過這裡

你總說
先有期待才會被遺棄

不期待就好了

卻忘記自己活在不被愛的時空

即便滿懷期待也是毫無用處

所以要記得

非承保範圍

車諾比核災逐年被時光泯沒
新生兒無知
老年人健忘
阿茲海默戰勝歷史
卻無人穿越內心的苦難

那些留下後遺症基因
純白潔淨的天使
襁褓中
不知自己來自地獄

我也是

然而你留在我這的
查不到病歷
無法申請理賠
最後我只能怪保險公司太傳統了
當初投保時應該讓你成爲項目

秋祭

木屑地板是屬於秋末
走過枯葉時發出響脆步伐
提醒森林的橘黃色
即將入夜
走向墓穴

飄雨的深山適合迷路
適合羽毛掉落適合絕望
適合在長滿青苔的樹下許願
然後掛上捕夢網
靜靜看著蕨類跟夢想
一樣無用

唯有你走過的地方
泥濘不堪依然
有花盛開
凋零後煙硝四起
少女頭顱從中緩慢露出
老舊而斑駁
悲傷勝過驚悚

沒有眼球的目光直視著
你不迴避也不面對
故事藏匿於繭
在得到眞相之前並不會有
也沒想過光明的可能

只是風景
風景還是一樣美麗

即便埋葬多少屍體與過往
山丘的形狀沒變
少女的笑顏沒變
風鈴的聲音沒變
百合的氣味沒變
你的承諾沒變
你的愛沒變

當然包括你的謊言
也依然沒有改變

風景是海

禮物的緞帶沒拆
還繫在你身上
緊緊纏繞住我僅剩
的絕望

那些以愛爲名的拳頭像雨
毫無節制
想起你以前最愛睡前擁抱我
吻我額頭說
「我會好好保護妳的」
做不到的承諾如果不是謊
又該怎麼稱呼呢？

每當眼睛起霧
我只能說服自己風景是海
海是無限包容
海是我們的最愛

天堂的面具被時鐘敲碎
讓你不小心跌入地獄
遺失良知與姓名
奪取集體慾望下產生的
自我意識
張牙舞爪跳一場拉丁

不知道你是誰的那些時刻
我依然愛你
任憑恐懼肆虐侵襲
閉上眼

相信噩夢遲早會醒
出走的溫柔終將歸來

因爲風景是海

害群之馬

花是香的
天空是藍的
春天越來越靠近
冬雪逐漸融化

所有的雪化成水之前
想再說最後一次我愛你

你總是美好
安靜沉著
優雅自在
閱讀過的書留下指紋
讓我在裡面迷路

你總是堅定
步伐穩重
溫柔敦厚
規律推轉著秒針前進
生活與四季亦然

你總是孤獨
在美好而堅定的
人格之中
始終闖不進一顆心

讓我這樣的格格不入
無法合群

浮木

我明白必須涉入火場
才能從火中救人
因此
爲了救人
你也踏入許多青春
成爲她們的浮木與岸

雙手捧著
存活所需的清白
我在保留席旁等待
被你予取予求
當浮木被淚水泡久變成腐木
我會負責收拾殘骸

如果做不了偏差值
我也可以當一張白紙
任由你揮灑
所有不被世界接納的邪惡
或者你過於善良博愛
不小心在她們床上
遺留的完美基因

讓我
不計代價
化身祭品
圓滿你每個儀式

假裝

我不想控訴你是個騙子
但我怨恨你對我演戲

你可以假裝善良
假裝自己富有
假裝事業與成就
但你不應該假裝愛我

我會忍不住回應你的愛
然而那是我僅有的全部了

你走後的日子再也沒放晴
屋簷下來了避雨的貓

他們彼此舔舐身上雨水
一滴一點
最終在陽光出現時
成雙相護離去

我眞的不怪你不告而別
我只怪你爲什麼假裝
爲什麼要假裝愛我

無妨

積滿灰塵的桌上有你看一半的書
書籤是我們交往一週年拍立得

最相愛的瞬間
在底片中凝結成喪禮
參加告別式的家具們很冷漠
沒有誰先主動表示哀悼
目送昔日童話崩解
碎成一場雨

床頭的盆栽正在枯萎
空氣悶熱潮溼
它們沒有辦法救贖彼此

我們也是

冰箱裡有過期的喝剩的
你在我家最後一次喝的
啤酒已經變苦

喝了委屈倒掉可惜
就像我之於你的愛情

答案

你不愛我了也好
在那之前我總擔憂
你什麼時候會不愛我

現在答案揭曉
已經不怕失去什麼
什麼都不會再失去
我也總算能夠心無旁鶩
好好愛你了

進化論

獅子座的女生
是尚未被愛的品種
活在愛中的妳
大概就是貓咪座吧

感情存簿

後悔聽從了你的命令
將他們那些分母全數捐出
信用銀行無法反悔
愛情也是

現在你拋棄我了
這些不被在乎的悲傷分子
孤單分數線該怎麼稀釋

墳場

我相信老派的復仇
我相信童話故事
我相信愛能產生奇蹟
我相信一見鍾情的存在

不相信病有治癒的可能
不追求人生圓滿成功
不交易痛苦的試煉換取解藥
也不願再成為你的病患

眾多之一

機會成本

去恨一個人是很緩慢的報復
我通常會假裝愛他
在彼此相愛達到頂點時
頭也不回的離開

你帶我來懸崖賞花

童話故事都是真的
自從我說不愛你的那天起
鼻子便越來越長
直到有天再也無法接吻

我傷心地哭了
你從不在意我說不愛你
開始無法接吻做愛的那天
你卻毫不猶豫拋下我

獨自在荒林中徒步找尋
你離開的足跡
試圖挽回任何可能

我不說謊也不倔強了

森林裡沒有小矮人
賣蘋果的巫婆倒是很多
我買了一個吃
並且許下願
希望能在天堂遇見你
卻走入噩夢

幸好你只是噩夢
不是住在地獄

夢裡的我看起來很天眞

胸口有懸崖
你帶我來懸崖賞花
再推了我一把

讓渡

梅雨季結束了
愛人們走了

他們各自回到自己的愛人身邊
不再當我的
讓渡同意書無人簽名
暑假即將到來
於是
我給自己買了鮮花束
當作畢業禮

如果激情已過期
至少還有個新鮮的東西
而且只需要五二〇臺幣

後記

愛是病，路是謎，唯有寫字是對的，連你也不是。

在二〇一九年的夏天，我滿盈期待地發表了我人生中第一本個人詩集《愛之病》，將多年累積的作品與尚未化作文字的各種能量，全部轉變爲詩印刷成冊，銷量或收入是其次，眞正的滿足來自於多了另一個身份，正當我沾沾自喜總算成爲了小時候的自己想成爲的人，才恍然又發現小時候的自己根本沒想過自己長大後會擁有這樣的經歷與人生。

不細聊童年，不提求學生涯，沒有當過正常上班族，沒有精彩的心路歷程可以分享，每次與人初次接觸都更加感受到自己的匱乏，不知道自己究竟有什麼能帶給人正向交流或笑開懷的故事，更害怕自己不同於常人的地方會被看穿及討厭，只好繼續若無其事笑臉迎人，扮演好每一個應該完成的角色。

最終難以啓齒的這些都盛開成創傷與陰影、凋零成詩與字，沒有邏輯可言也不具啓發性，沒有值得被欣賞的內涵或文化，唯有陷入無限迴圈播放般不停跳針的苦澀糾結、體感痛覺、心靈晦暗。

長年來依靠著藥物入眠與清醒的我，花了很大力氣才願意看清與接受這世界給我的所有東西，逐漸願意擁有病識感，也開始覺得自己不會有被治癒的一天，就連被愛時都意識著幸福只能且戰且走，最大的感恩便是那些藥物每天讓血清素乖乖運作，偶爾進出急診時遇到的醫生不要過問太多，工作交際時不需要太多的深入交談，戶頭裡的錢別少到讓我買不起下一餐；我曾經以爲愛情是我迫切需要的追尋與救贖，可以彌補我原生家庭與人格障礙的缺失，但我發現這讓我每天都追得雙腿發抖，已經累到沒有辦法墊起腳尖給值得的人一個擁抱，沒辦法讓自己在獨處時停止流淚。

幸好後來養成了還可以笑的時候，我就不去想夜晚爲什麼我總是在哭的習慣。

然而還是活著，還是徘徊在不同體溫之中害怕聽見承諾，拒絕親口說出愛字然後被拋棄，卻抵擋不了這些反覆重演的命運，我只好寫字，我繼續寫字，寫下每個春天試圖來愛我的人們、寫下每個夏季讓我誤以爲被愛的短暫戀曲、寫下初秋會聽見的各種推開我的美麗藉口、寫下寒冬獨自哭濕被單的諷刺與悲哀。

二〇二〇年的冬天，那些曾陪我從地獄走一回的你們，你們還好嗎？

Love 035

我們走上的全是歧途

作者—靡靡
主編—李國祥
企畫—吳儒芳
總編輯—胡金倫
董事長—趙政岷
出版者—時報文化出版企業股份有限公司
108019臺北市和平西路三段二四〇號三樓
發行專線—（〇二）二三〇六—六八四二
讀者服務專線—〇八〇〇—二三一—七〇五
（〇二）二三〇四—七一〇三
讀者服務傳真—（〇二）二三〇四—六八五八
郵撥—一九三四四七二四時報文化出版公司
信箱—10899臺北華江橋郵局第九九號信箱
時報悅讀網—http://www.readingtimes.com.tw
電子郵箱—genre@readingtimes.com.tw
法律顧問—理律法律事務所 陳長文律師、李念祖律師
印刷—金漾印刷有限公司
初版一刷—二〇二〇年十二月十八日
定價—新臺幣三八〇元

時報文化出版公司成立於一九七五年，
並於一九九九年股票上櫃公開發行，於二〇〇八年脫離中時集團非屬旺中，
以「尊重智慧與創意的文化事業」為信念。

我們走上的全是歧途 / 靡靡著. -- 初版. --
臺北市 : 時報文化, 2020.12
面； 公分. -- (Love ; 35)
ISBN 978-957-13-8498-6(平裝)

863.51　　109019625

ISBN 978-957-13-8498-6
Printed in Taiwan